KB075000

참 재밌다 그지

# 참 재밌다 그지

권영숙 시집

소울앤북

시인의 말

여든을 바라보는 내가
이제 첫발을 딛습니다.
60억 인구 중의 미미한 존재지만
무엇이 되고 싶었습니다.

나의 내부에 참답게 관용을 못한 채
평생이란 세월이 흘렀습니다.
쓰든 달든 나만의 길,
아름다운 동화처럼
그저 그립습니다.

2018년 봄
권영숙

# 차례

제1부

# 예지랑날

본향 밑천인가
왜 이리 졸리노
몽롱하다

밥은 아직도 쇠숟갈로
마당에서 타작한 겉보리를
양동이로 돼서 뒤주에 퍼넣듯 하는데
참 묘한 일이로다

초봄엔
이슬을 차고 씨앗을 심고
한여름
적삼 적실 땐 허물도 많고
깨꽃같은 웃음도 잦았다네

삼신에
첫국밥 지어 바쳐놓고
먹고 자고 먹고 자고

장마에 물외 굵듯
무찔레같이 크거라
우리 할매
두손 싹싹 빌 때처럼
잠만 퍼붓네

가슴 그윽한 수풀 속에 꿈은
잔솔밭에 꿩새끼처럼 달아나고
다시 아기 되네
잠만 오네

# 모메꽃 핀 그 언덕

의왕시 빌라 봉당에 화초 대신 모메꽃 잔치다
손때 묻은 부모님 그늘이 화사하다
풀향기를 밟으며 쪼그만 발이 크던
고드름이 처마 끝에 주렁주렁 달린 날도
아버지는 분전단지를 지고 나가신다

명베 수건을 목에 감고
부러진 깍꾸리살을 깎아 만든 대바늘로
내가 뜬 명실 장갑을 끼시고
전답을 오가시면 얼굴이 퉁퉁 부었다

겨울꼬리가 감출 무렵
얼부푼 보리고랑을 꼭꼭 밟으시고
곰배로 흙을 툭툭 부수어 보리싹을 이불처럼 덮으시며
애야! 이라마 독새풀도 죽는다. 밭 한불 매는 거와 똑같다
아버지 부드러운 결 따라 밟는

내 어깨 위에 얹힌 다정한 소리

소바리에 보릿단을 실으시면 바스라지는 보리이삭
숨줄 만큼 아끼시던 그 논둑에
해마다 헤픈 웃음처럼 모메꽃이 피었지

나는 하얀 뿌리를 캐 때 묻은 치마에 싹싹 문질러
단골처럼 단물 빨던 날들
여름 햇살 상큼한 아침 돌아서 서성이다
행복한 이슬로 젖는다

# 어디까지 왔나


세월에 배 띄워오니 순풍만 아니더라
허허벌판에
모가 깨진 마음이 웃습니다

놀란 꿩처럼 휘둥그레 뜬 생각이
아직은 살아 있다는 긍정을 가져봅니다

한순간의 일도 낮잡아 잊어버리는
잎 진 꽃입니다
접혀진 투박한 나이테는
옹졸하게 시샘까지 합니다

희망을 가져보아라
붙잡아보고 싶어도 손 새에 빠지는
모래알 같습니다

냉골에 들기 전까지
뇌세포의 포말을 또렷이 하기 위하여

신의 로고스를 찾아도 봅니다

나는
내가 뭣을 해야 되는지도
어벙벙해지며
해묵은 어머니 사진만 자꾸 꺼내봅니다

# 패랭이꽃

후미진 산자락 바위 틈새
패랭이꽃이 피었다

칼바람 문풍지 에이고
억새에 달빛 찬 소리
산허리 뒤척이던 밤도
야무진 꽃망울 소망 안고
빗장을 걸었다

하필이면 바위냐
개똥밭도 있을 텐데

바람이 지나면
가녀린 슬기로 몸을 흔들고
땡볕이 쬐면
여림의 의지로 버틴 너
가진 대로의 그늘을 주는구나

척박한 곳도 반항하지 않은 채
우주의 순리를 적응할 줄 아는 미덕을
불그레한 작은 꽃으로 피었다 진다

# 가을바람이 내게

아주 잔잔한 날
속삭이네요
안식을 원하지 않나요?
쉴 때가 된 듯한데요
목적지가 가깝네요
신이 아실 일이지만요

가을 열매들은 오감을 열어
때깔 좋게 제맛이 들고 있잖아요
휴식의 곳간으로 들어갈 차비지요

마음을 여미시나요
쉬이 빨려들지 마세요
무지갯빛 행복을 좇다가
명주실이 된 백발을 잡고 억울해 마시고
부싯돌이라도 켜보세요

세상 사는 날에 네가 있는데

씨를 못 갖춘 건 당신 탓이에요

내가 지나다니다 꼬리를 감추면
사악한 계절이 온다는 걸
능히 아시잖아요

# 감자

벼룩 톡톡 튀던 마루 밑 감자
까만 물나뱅이 더운 발을 졸졸 몰고
심심찮게 남빛 나래 만드는
나잘의 웅굴가
삼베 검은 물 디려
숭숭 홫는 손바닥만 한 주름 잡힌 치마 두른
문맹인 우리들
돌 위엔 노끈 하나씩 물고 쉬는 동그란 따배이
바닥물 푼 뜨레줄이
줌줌이 사리다 보면 서로 꼬여
뜨레 싸움시키던 온 천지 웃음판
맨발로 감자 버지기를 팍팍
긁어대던 낭랑한 웃음소린
무논에 알 썰은 떡개구리 목만 벌렁벌렁 떠 있게 했다
초롱불 그을음 조는 멍석에서
은하수 가랑가랑 내리는 물먹은 녹녹한 삼거리
걸어놓고 둘개삼을 삼을 때도
밤참으로

삼톳가지 판에 툭 터서 먹던 감자
고티 분粉처럼 분이 퍽 나던 감자
정이 유난하던 동무들
감자처럼 새끼를 조롱조롱 달았을까

• 따배이 : 똬리
• 나잘 : 오전 참때
• 옹굴 : 우물
• 버지기 : 물 담는 질그릇
• 둘개삼 : 여럿이 오며 삼는 삼

# 야설경

당신 손길의 저 영묘한 곳을 보라
새벽잠을 깨우셨나이까
맴맴 울음 배인 실가지마다
순백의 꽃 맹아리 달아놓았으니
목련 나무엔 목련꽃
소나무엔 바늘꽃
백설만 오지조지

한 번도 내 날이야 싶은 날도 드물고
뜻 모르게 목 타더니
오래도록 갈구하던 행복처럼
비밀스리 찾아온
순백의 이 새벽
미세한 당신의 지으심
이 순간의 순수함이 영원처럼 맑게 남았으면

# 개복

복은 개복이라 했지
사는 게
한날한시 같은 날 있을까
채빚에 은전 금전 문턱 닳던 날
진종일 맡은 일거리에
식은땀만 송알송알 흘리고
퇴근길엔 돌부리에 걸릴까
육중한 다리 살푼 든다

# 그때 유월 하늘이

잿봉다리 받아
가슴 터진 어미 아들이 거기 있습니다

흰 지게 소 옹구의 참 풀바리
그 골에서 걸어 나옵니다
큰 동구나무 아래 어른들이 모여 앉아
"절골 가보래, 해골이 골을 친다"
앞섶 쪼구랗게 말린
무삼베 적삼이 하도 더워
허튼소리가 새는가 싶었습니다

오랜 해가 바뀌고
가시나들은 감태 같은 머리를 폴폴 날리며
봇나물 하러 갔습니다
섬득해도 다래끼 안이
나물이 소복히 불어나는 맛에
천지도 모르고 웃고 떠들었습니다

나물이 더 벅시러워
우르르 몰려갔더니
해골 밭이었습니다

조국을 위한 소중한 임들이
피 흘림도 모자라 강산에 눌러 남아
산새와 산유화가 울어주는
생꽃이 거기 있었습니다

무서워 줄행랑을 하며
달아났던 그때가
여간 부끄럽지 않습니다

• 잿봉다리 : 유골상자
• 다래끼 : 싸리로 만들어 허리에 차는 주머니

# 내 젊음이 흩날려가도

더 내려갈 곳 없어
멋모르고 볕에 나온 지렁이처럼 꿈틀거릴 때
목적은 오직 살아가야 된다는 것뿐
이내 속은 안개꽃이 무더기였다

얇게 흔들리는 풀꽃 그늘에도
내 허무는 젖었고

하루같이 권태롭게 앓는 바람질
모난 파멸의 굴레에서
고뇌마저 되새김질에 스스로 지쳤다

대지를 읽어라!
꽃들이 떨어진 자욱마다
거짓이 보이던가?
되묻는다

하늘을 이니 가볍고

흡사 허기를 달랜 요구로 채워졌다
내 삶은 내 안에 가능성
시간은 배부른 흥정이었다

낮음이 아니던들
인생의 참맛을 곁들일 수 있으랴

# 괜태숲 물레방아 내력

가버린 봄날 아쉬움 같을까요
생초목에 불이 붙는 사연 같을까요

피장작 대던 곳
묵나물 갱죽도 용미봉탕처럼 먹던 시절이지요
오백 년 전에 정감사가 막았다는 아름다운 숲속은
아이들 휘파람 소리에 딸기가 익고
소꼴이 난들난들 실바람에 좋지요
푸른 언덕에 외따른 물레방아

옥난네 엄마는 점도록
마다리 푸대, 가마니의 겉보리를 휙휙 들어 찧고도
말은 팍팍 질러 떠주고
삶은 뒷박을 살짝 기울여
두세 번씩 흘러주며 떱니다
맷방석 것은 통째로 부어주는…
공걸로 돌아가 주는 물레방아 맘을
곱다시 닮았나봅니다

하얀 가루를 덮어쓰고도 용상 내다 앉으라 했지요
그때는 유행가도 몹시도 귀했나 봐요
우리들 머리꼬리가 발뒤축으로 치렁치렁 길 동안
지은 노래를 불렀답니다
명절 때는 토담방에서
달님이 깨지게 밝을 때는 돌짝밭에서
옥난네 물레방아는 물을 안고 돌고요
우리 집 서방님은 나를 안고 돈다네
얼씨구 절씨구…


가을, 봄 만경창파던 숲에
까까머리 원족이 흥미롭던
흔적도 없는 그들을 생각하면
나는 며칠을 굶은 빈속 같습니다


• 팬태:지명
• 피장작:마르지 않은 장작
• 갱죽:나물죽
• 점도록:하루종일
• 원족:소풍

# 꽃 한 줌에서

해 질 녘
끝물 꽃밭 설거던 새댁이
미소만 띤 채 꽃 한 줌 준다

뜻밖이라
근력 없던 내가 상냥스러워진다
모두 일곱 송이
고귀한 삶은 꺾이고 고독한 죽음이구나
꽃병에 물을 담고
물끄러미 바라보는 상념
묻혀버린 세월 속이 거품처럼 인다

할머니가 운명하시자
일곱 달을 비고 아버지도 운명하셨다
혼을 하늘나라에 신고하는 예로
하얀 옷을 지붕 위에 던졌다
일 년에 꽃상여가 두 번 나갔다
어머니는 빈소를 두 곳에 차려놓고

하얀 소복 삼 년을 벗지 않았다

그뿐이랴
장날 피래이 쓴 아재들이 어각전을 살피던 모습도
부모님을 여의는 죄인이라
하늘에 고개를 들 수 없어
가리고 다니던 효심

강산이 예닐곱 번을 변하고 보니
관혼상제 예절은 사라졌다
준엄하신 어른들 행신이 사람 사는 냄새가 났다

뉴 밀레니엄 시대에 사는 지금에야
한 줌 재로 날리는 간편함
꽃 한 줌을 한참 들여다보며
슬픈 조약돌을 던지고 있었다

# 그리운 화경

노오란 오렌지만 봐도
철뚝 밑 오두막집 그립다
징집 누빈 아부진 채달색
어매는 어디서 사금파리 같은
세모난 밍경을 주워
등판에 기대놓고 더러 본다

아침마다 손 벌리는 사친회비 연필
삽지걸에 동동 뛴다
월자 삽니다
떨어진 대꼬바리나 다리도 삽니다
소임처럼 외치고 다니는 장사할배
고부 뒤통수 머리를 싹싹 잘랐다
할매는 빗질하시다 초석 자리에 떨어진 낱도
손바닥으로 쓸어 뭉쳐 싸말아 판다

순칠이 아재는 자아서 당뽀도 사 오지만
물이 툭 튀는 풋나락도 한 짐 저다 놓는다

할매는 한 자 되는 수수대를 반으로 접어 훑는다
웅케멍석 위 고추잠자리
사월 때쯤
손바닥만 한 밍경 비침에 대고
참빗으로 빗어 억지로 가리려 해도
어매 잉크병 같은 까만 미녀 머리 위에
팬촉처럼 빼족한 머리카락
천금을 준들 부모님 사랑을 만나볼 수 있을까

• 밍경 : 거울
• 소임 : 부역이 공사 있을 때 큰소리로 외는 사람
• 당뽀 : 성냥
• 웅케 : 가을 곡식을 널어 놓는 멍석
• 어매 : 어머니

# 빗소리

토닥 토닥
베기통 소리
우리 어매 베 짜는 소리라
나는 속았네
이런 날은 치시올에 물칠 일도 본래 없고
이런 날은 허리 부태 자주 풀 일 전혀 없고
북나들이 재발라서 부루 짤 수 있었는데

이리 치고 저리 치는 저 빗소리에
우리 어매 베틀 노래 묻어오네

베틀다리 네 다리에
앞다리는 높게 놓고 뒷다리는 낮게 놓고
이엿대 의좋은 삼형제
눌룸대는 호불아비
사각 진 베개에 용두머리 우는 소리
소실 많은 도투마리
베비대 널 찌는 소리에

뒷동산 가랑잎 떨어지는 소리 나네
사치미는 찔러놓고
절로 굽은 신나무는 헌 짚신짝에 목을 매고
대추나무 연지북에 자작나무 바디집에
베를 꼭꼭 짜다가
이 세월 저 세월 잘도 가네
밤에 짜면 월광단月光緞이요
낮에 짜면 일광단日光緞일세

광풍아 우지마라 심신유곡에 불 붙이지마라
내 단잠 자던 내 베개가 저절로 다 젖는다

• 부루: 많이
• 이엿대, 눌룸대, 베비대 : 베틀기구 이름

제2부

# 회나무집 등 굽은 회나무

갓 도포 어슬렁거리며
출입 잦던 양반 아재
온 동네 감기몸살엔 약사 못지않고

말글을 됫글로도 못 푼
근면한 농군 오라버니
어제처럼 가마 채에 쪽두리 곱던 성님
명버선발 내딛던 그 마당에
잡초울이 되었구나

어둠이 우레어 비치는
등굽은 회나무
수백 년을 살아온 생채기
몸도 속도 썩어 문드러져
한쪽 결만 붙은 채
골 거랑을 휘넘어
아우 동서네 지붕에 엎드렸네

비바람은 잎새에 추적거리고
태연자약한 인내력이 스사로 배어난다

# 황혼의 뜨락에 서니

굳이 길이라 가라네
잔정 많게 몰고 가네
희한한 놀음도 하자네

꿈이 꿀을 빨고 푸른 창공을 가르며
탐스러운 욕망이
태어난 존재의 의미를 움켜잡고
부러움에 찬 눈으로
항시 번뜩이며 파닥이던 삶

금세 해는 뉘엿뉘엿
땅거미는 은빛 정원에 들어와
즐기고 노나니
여분 남은 바라기 꿈마저
희미해지는구나
모든 것은 신의 뜻

곧 열락의 뜨락으로 우릴 인도하리니

# 불운 그 뒤에

어린이집에서 오는 길
신작로에 비닐봉지 하나
자가동력이 없어
지나가는 바람에 날고
차 바람에 쥐어박히고
속이 비었으니 잘도 구른다

손자는 깔갈거리며
기를 쓰고 같이 뛰고
잡아 달라고 몸을 부린다

그냥 두자
바람이 잠다면 또래도 만날는지
한순간도 멈추지 않는 몸뚱어리
구르고 박힘은
쓸만한 승부차기라며
오붓한 나눔을 할는지

• 잠다면 : 잠잠해지면, 조용해지면

# 초하初夏의 아침 속처럼

어둠이 제풀에 옷을 벗으니
뻥 뚫어진 공간이
너무 맑아, 높아, 파랗다
욕심도, 고통도, 거짓도 없는 본심
열려 살았으면 좋겠다

주야장창 그 자리에 앉은 망건 쓴 바람개비
살그레미 숨을 쉰다
아침 나선 출근길, 상쾌한 걸음
모두들 아침처럼
하루가 피면 좋겠다

갖가추 널려진 지상
우린 숨을 쉰다
고귀한 단 한 번의 생
고난도 맛있는 밥
절망과 고통도 또 다른 희망
비난과 좌절은 내면의 성숙

사랑도 이별도 아파할 것 없다
제 숨만 못하나니
지나면 불티처럼 날릴 하찮은 세속 인간사
초하의 아침 속처럼 살면 좋겠다

• 갖가추:여러가지

# 석양의 맨, 그리고

차롬한 육십 리 길 발품 팔던 그 날
흐르는 여울물에 전신을 푸노라니
먹을 이도 없는 귀 떨어진
도라지 보따리
나처럼 노곤했다

황홀한 석양빛 유유히 가르는
번뜩이는 갈색 말
말굽 소리에 윤이 줄줄이 흐른다

참 멋진 인생이구나!
내 피는 까닭없이 홀리고
내 눈은 명씨처럼 박혔다
아득히 점이 되어가는 말꼬리에
눌어 붙어 허망해졌다

널 잃은 외로움이
꾸벅거리며 가시는 어둠에

속속들이 채한다
모든 걸 내게 핥게 하신 신이여!
이 남루한 나사 조임이 걸맞나이까
어찌하오리까 둥글게 닦던 마음도
체념과 이념 사이를 넘나들며
야수라워졌다

눈썹 같은 초승달이 등을 얼려도
야생화 향기 융단처럼 깔아주어도
사실 그대로에 젖은 나를 깨울 수는 없었다

# 삼무지 어리는 뜰

별이 화로처럼 달아내리니
길쌈 정든 골이 젖어듭니다
맷방석만 한 삼밭도 없는 나는
이삭을 주워 내 키만 한 삼단을 이고
걷던 둑길이 보입니다

개구리참외 맛이 잡힐 때면
어른들은 이늘을 툭툭 차며
대패로 민 듯한 삼밭 그리러 갑니다
낫으로 조르륵 조르륵 그려대는 소리에
콩메뚜기도 여치도 아마를 장 마중 가듯 뛰었습니다
한 무리는 나무칼로 잎을 훑고 추리고
한 무리는 와롱 기계로 잎을 텁니다

미루나무 사이 뿌린 듯 할무대꽃 지천
익은 수술이 반짝이는 조모시처럼 달린
살랑이던 냇가
머리방만 한 삼솥에 빼곡이 앉힌 삼단 우에

툭 따갠 가마니를 뚜껑처럼 덮고
뚱거리 불을 지피면
이웃 동네 아낙까지 소일거리가 뜸이 듭니다
모둠 감자도 노릿 굽히던…

바닥이 낯이 비치는 마알간 물에
입술이 오디처럼 먹고 노는 때서리 아아들
삼단도 동시루 같은 김을 내며 함께 즐깁니다

볕이 화로처럼 달아내려도
울 할매 빈 꾸리 다 풀어도 닿지 않는 곳
내 인생 다 가도록
그처럼 행복에 겨운 뜰은 없습니다

# 마음은 굴뚝 같지만

불면은 참 심심하다
세 개의 새끼는 한잠이 들어
콧소리가 쌕쌕거린다

생각만 구겨졌다 펴졌다
식전에 돈꾸러 다니는 아낙 같다

재민이 할매
나는 오늘 남대문시장 가요
어지러워 날 못 따라 다니니 그만 두이소

낮에 뚱뚱한 할매
길모퉁이에 앉아
해바라기 하고 계시면서
사는 게 의미가 없소
이 나이에도 의미가 없는데
무슨 의미가 있겠는가

누구나 거쳐야 되는 길
거리에는 봄이 와서 앉아 있다

# 몽당연필

참빗처럼 촘촘하게 지내는 어느 봄날
지물에 지는 상늙은이
입술이라도 그려볼까 입술연지 찾으니
아이 손에 언제 볼 장을 봤는지 없다

하늘 간 동생이 준 연필
저를 보는 듯 좋은 것보다 더 깊이 간수했다
입술을 그려보니 심보다 나무가 길어 꼭꼭 찔렀다
칼로 살살 달래 깎아도
십 년이 넘어
자꾸만 바스러져 손가락 한 마디만 해진 몽당연필

까만 고무신 오글거리는 사면 직후 교실
나이도 들쑥날쑥한 바지저고리
재를 넘어온 새끼줄에 묶인 장작 두세 개비
까까머리 아이들이 난로 가에 둥지를 틀면
발갛게 단 난로 위에 동개 놓은 도시락 탑

헌책 물려받고
금방 짧아져 억지로 취어진 몽당연필
침 발라 가며 쓰던 우리 반 아이들
마룻바닥에 초칠을 하다
어쩌다가 하나 줍기라도 하면
복권 맞은 것보다 더 기뻐했다

# 순늠이네 꾸꾸집

노릇노릇 개미취꼴 같은 초가
산비탈에 옹기종기
말 난 장에 소 난 것 같은
꾸꾸집 한 채

형제 우애가 입이 늘어
우주부린 보금자리
꾸불시어 들어가고
우굴시고 앉아도
후끈후끈 정다운 냄새

나남이사 아예 없고
방 한 칸에 땅에 붙은 가적
고드름이 땅에 내려
울타리는 얼음꽃

흙 부뚜막에 달랑 앉은 솥쟁기
안찔안찔한 솥전에

짚수세미 한숨배 조으는 잠에
아지랑이 아롱아롱 피네

• 나남 : 담, 울타리
• 한숨배 : 잠깐

# 시를 그리다

지나가던 새댁이
말 탔네
기역자 기는 허리에 아이가 얹혔네
아이고

열이 펄펄 올라 급한 나머지
신도 신길 여가 없이 업고 소아과를 간다
목을 코브라처럼 처들고
하늘을 보는 둥
땅을 딛는 둥

지나가던 양반
"할머니 허리 부러지겠다 내려라"

힘을 모질게 받은 다리는
디딜 때마다 삐그덕 대문 빗장 소리

비 오듯이 흐르는 땀은

보도블럭이 갈증을 달랜다

열이 내린 손자 힘으로
집 문턱을 간신히 넘었다

# 유리통 속 물고기

가을 햇살 속을 부비며 걷던 아이
횟집 앞에 멈춰 서서
할매!
저 물고기 좀 봐. 참 예쁘다!
우리 구경하고 가자
은빛이야!
고기야! 고기야! 바닷고기야!
나 하고 잠시 놀자
난 유치원 지각이야
넌 우리 안에 갇혔구나
나도 우리가 싫어
밍그적거린다

뚫어지게 보더니
도리도리하는 아이
에그그
주둥이 봐라. 헤엄치는 지느러미 좀 봐
그게 뭐야

피멍이 들었잖아

주둥이를 투명유리에 꼭꼭 찧지마

바다가 아니고 밖이야

죽어, 제발…

삶은 꿈을 갖어야 돼

용기 있게

나 유치원 다녀올게

# 하루


뿌리 깊은 나무는 항공에 푸르더라
억수만 번을 뒤비닝기 친들
이 하루가 또 올쏘냐
하루하루가 백 년의 코앞이더라


• 뒤비닝기 : 엎고 젖히고

# 봄날은 간다

초봄 톱 갈러 장에 갔다.

까맣게 잊었던 일렁이는 그리움

한 중늙은이 쪼맨한 트럭 칸칸이 된 철조망 안에

토끼 대여섯 마리, 털 빠진 닭 몇 마리, 강아지, 필요한 것들 차에 너불너불하게 실려 있었다.

구멍이 숭숭 뚫어진 빈 식용유통에 핏쪽 불이 타고 있었다.

낡은 의자에 앉아 새벽부터의 그을음인지

얼굴은 벌써 짙게 그을고, 손 비비고 쬐고 있는 모습

오랜 세월이 가도 장터에 전혀 없던 모습, 밥벌이가 될까.

궁금해서 물었다.

요즈음도 이래요. 대답은 간단하다.

"집에 있으니 하도 심심해서 장태나 낼까 싶어서…"

오랜 옛날부터 오일장, 들어서는 입새

벌겋게 쇠를 달구어 호미, 낫, 등을 치는 비름 칸이 있었다.

쇳소리 멀찍이 옹기전이 있고 그 뒤에 쇠전이 있다.

첫새벽 나온 소들은 노예처럼 팔려갈 걸 아는지
입을 크게 벌려 소리를 지르고 고삐를 잡고 흥정하는
구전꾼들,
성황당 재를 넘어온 지게에 얹힌 장작,
두부모처럼 반듯한 알갈비찜,
잡다한 난전이 햇살과 더불어 핀다.
이웃 실근네 배먹이 닭은 싸리 둥우리째 장에 왔다.
어미 품속을 파고드는 삐애기는
날개 새로 빼죽 빼죽 내비치며 삐약거리는 소리로
낯선 봄을 온 장판에 틔웠다.
짚 꾸러미에 열 개씩 묶인 달걀과
까칠한 털에 눈곱이 쩔쩔 떨고 있는 놈이네 강아지도
말 구루마에 실려 왔다.
가생이에 양돔이, 고무신을 때우는 땜쟁이, 당뽀와 물
감 파는 할배,
끈에 꿰어서 메고 온 전라도 아줌마들의 대소쿠리,
어각전 비좁은 장은 만물장이었다.
그중에 가락엿은 우리들 구미만 당겨 침만 삼켰다

햇솜처럼 따뜻한 면옷 입은 사람들은 운무 같았고

짚신 신은 패랭이 쓴 아재, 갓 망끈 고집하는 양반들은

설을 쉰 수인사로 한나절이 간다.

동적삼 조끼 주머니에 지전 몇 푼, 서로 삶은 달라도

이끌어가는 힘이 깔린 장터,

서숙 술 몇 잔에 장까마귀 다 날리던

설빔 때때옷감 팔던 비단전에도 해종일 너불치고 앉

은 입소문 마주하던 넋두리,

그때는 그저 그런 눈으로 보았다.

지게에 받힌 질그릇 새우젓 젖동이 두고

젓 사소, 젓, 젓, 턱이 뾰족하니 노란 수염이 달싹거

리던 할배,

파장 무렵쯤이 되도록 나뭇짐 팔린 지게에 호롱불, 호

야에 넣은 됫병기름,

짚에 묶인 간고등어 지게가지에 걸어놓고 실이 씰 정

도로

약장사를 기다린다. 약장사는 발목에 끈을 매어 발

을 톡톡 당기며

등에 업힌 북을 두드리며 춤을 춘다.

신명 나게 흥을 돋워놓고 회충약, 동동구리무, 이약,
지네…

필통 달그락거리는 우리들은 갈 길이 멀다는 것도 잊
었다.

자갈 먼지 풀썩이는 신작로 왕복 삼십여 리

충수 아재는 끈 떨어진 게다를 손에 꼭 쥐고 돌에 발
이 쐬여 절뚝거림도,

기차표 까만 고무신을 신은 우리들은 몰랐다.

지금은 세월 사이로  칸칸이 잘 지어 놓은 점포들,

언제부터 헛입만 벌린 채 파리만 날리는 장판인지,

촘촘이 있는 다방, 식당, 농협마트, 장날이지만

묘목 몇 그루, 꽃나무, 이 장場 저 장 걸치는 골뱅이
차안 장사

정 붙일 때가 없는 것같이 허전하다.

오래도록 애타게 그리운 봄날은 간다.


· 당삐:뒷박성냥
· 서숙:조

제3부

# 순칠이 아재 우장

빈 텃밭 까치 한 마리
날비에 우굴시어 우장雨裝 쓴 듯 웅크리고 있다
기차 소리 어디까지 오나
철로에 귀를 대고 점치고 놀던
꽈리꽃 하야니 입안에 풋맛 일던 곳
자죽자죽 밟히는구나

감 나뭇잎 살 붙은 그늘 내린 봉당에
보릿짚 수북이 매살라 놓고
부엉이 날개처럼 꼭꼭 엮은 우장,
비가 쏟아지기 바쁘게 물고 막으러 우장을
어깨에 걸치고 갈모를 쓰고 들 돌보는 당신
얼찐거리기만 해도
곡식은 쑥쑥 당기며 늘리듯 자란다며
부리나케 가신다

우리 비 마중은 언제나 아재 차지,
보릿짚 옷을 입고 삿갓은 방패처럼 들고

허연 박꽃처럼 웃으시던 모습,
여름밤
우장은 아재 이불이었다.
밤하늘 별을 헤며 주무시고
날이 희붐하면 들고 들어오시던 아재
비 갠 뒤엔
아재 맘 같은 고운 무지개가 자주 떴다
돌아앉은 젖은 운명
까악까악 날개깃에 젖는다

# 그때 그 시절

첨 듣는 메가폰 소린
아지랑이 물고 솟는 종달새 소리

존경하는 동민 여러분
오늘 저녁부터 단촌장터서
고춘자 장소팔이 걸쭉한 만담을 하오니
구경들 나오시오
동동구리무, 회충약, 이약, 고무줄, 허리에 담 들린 데
마른 지네,
다람쥐가 쳇바퀴 돌리고, 불쑈, 외발자전거 타기 곡
예가 있으니
꼭들 손잡고 나오세요

말만 한 처녀들이 횟대보, 구봉침머리
고운 색실로 꽃수침하던 걸 중신애비 삼아 들고나와
한 방에 밀쳐놓고 호기심에 찼다
양반 아재네 딸내미는 며칠 전
귓불만 보이는 맞선을 봤다니

나오면 종아리가 부러진다
우리 역시 말 광대 구경 간 걸 어른들이 아는 날에는
문밖이 하직이다

혹 난데 포마드 바른 빤질한 총각이 인녕을 걸어
똑같이 한 덤불이 되자고 말짜듯이 짜고
맹호부대처럼 나섰다

종일 가도 신작로엔 차 대여섯 대 볼 둥 말 둥 하지만
차가 지나갔다하면 자갈이 한산태미 튀었다
한 오 리를 갔을까
분홍치마 자락에 무서움이 속속 들어와 더 와스락거
렸다

굴통머리에서 기차 불이 비치고
공굴 위에서 자동차 불이 합세를 하니
다 들켜버린 듯 엉겁결에 숨는다는 것이
다락문에 개구리 뛰어들 듯했다

마을 통틀어 라디오도 한 대 없었으니
오죽하랴
꿀처럼 달던 옛 벗들은 어디 있을까
초를 다투며 세상을 넘나들지만 옛날 것이 더 보고
싶다

# 나침반

저 해는 부시며 지네
바다는 춤추며 노네

인생이란 장애물경기

부서져라
깨어져라

내가 숨 쉬는 동안
거친 비바람에
우장이 없어도
휘몰아치는 눈보라에
헛간 없어도

타다 남은 송진이 된다 해도
고난은 방향을 찾는 나의 길잡이

## 끝나지 않는 이야기

이천십육년 유월 이십팔일 밤이지요
할매! 뭘 해?
밤하늘이 좀먹었는가 보는 거야
어떤 시인이 그랬어
별이 빤짝빤짝거린다는 표현을
넓은 담요가 좀먹었다고 그랬거든

아니야!
밤하늘은 콜라야!
콜라를 따 먹으려면
세상에서 가장 긴 사다리가 있어야 해
무지개 구름다리를 놓으면 될 거야

계속 우리는 공기만 먹고 살잖아
밝은 달은 황금 우유 덩어리야
달은 행성 종류니까

할매!

빨리 가자
기록해놓아야 해
밤하늘이 끝나지 않는 이야기로…
할매!
상상은 이야기로 이어지고
참 재미있다 그지

# 신기루

가엾은 늙은이여
이제 와서 보니 잃은 게 많은가
얻은 건 무엇인가

맹목적인 혈기에 들떠
결점도 장점도 착각이 일쑤일 땐
일신을 자유로이 쪼개며 쇠털같이 많을 줄
언젠가 불타는 정열이 찬란한 태양 넘어
방황하는 젊은 심령은
사막에서 오아시스를 만날 거란 믿음은
잡히지 않은 신기루이구나

오동나무 열매처럼 딸깍거리며
찌지리한 눈으로
잘 들어라 참 허뿌데이!
뉘 집 마루청이 눌도록 뻿으신
어른들의 애들은 가사
연연이 낙엽 구름을 본 건

또한 겉돌았구나

아쉽고 못다 한 소싯적이여
다시는 오월 같은 신비의 꿈은 내게 없나니
그때 이 자리가 더 차갑고 무뎌진 감성의 절박함을
아무리 외우고 훑치기 한들

내 귀엔
귀뚜라미가 한 버지기 운다
꿈적일 때마다 뼈마디가 아파 헝감을 떨고

어느 것 하나 가 버리게
놔두고 싶지 않은 마음도
의중에도 없이 지절로 스르르 흘러내린다
심중에 간직한 고향 같은 모든 게


• 허뿌데이 : 허무하다

# 다섯 살 아이의 창

오래 비워둔 시골집
발 디딜 틈 없다
무쇠솥에 물을 붓고
불을 지핀다

아이는
아궁에서 활활 타는 불을 한참 보더니
할매!
나 왔다고 반갑다고 노래한다
할매! 봐봐봐!
토닥토닥 튀며 반갑다고 노래하잖아

불기운을 오래 못 본 방은
구세 냄새가 방안을 빙 돈다
아이는 코를 킁킁거리며
이게 무슨 냄새야
아하! 방이 따습다고 말하는 냄새구나

아이의 옥구슬 소리
온 집을 돌돌 구른다

# 단오

서울 봤나, 서울 봤제
꿈에도 못 보는 서울
군디줄에 물이 줄줄 흘러야
풍년이 든다는 단오

장정 셋이서 맞잡고 바짝바짝 땡겨 꼰
용동 아재는 짚신 삼는 데도 활수지만
그네줄이 탱탱하게 안심케 하신다
곶집 옆 해마다 동제 받아먹는
느티나무도 거든다

자아 한번 못 가보고
밍경 공구로만 시상 보던 마을 고모들
끝동 댄 호장저고리, 호박단 치마가
시상 만나 털고 나선다
머리가 윤이 나고 쟁피같이 길어라고
쟁피궁귀를 꽂았다
가시나들도 쟁피를 추장처럼

머리에 두르고 쭉 뻗쳐 꽂았다

이날은 홀가분한 맘으로
외그네도 타고 어부렁도 탄다
어부렁은 색실처럼 더 고왔다
밑둥을 밀어주면
살짝살짝 오르다 높이 뜨면 그적세야
억센 그넷줄을 벌리며 가슴을 하늘에 쫙 꿈을 내밀고
어라~! 춘추야
볼그레한 볼이 큰 가지 나뭇잎에 대면서
입으로 이파리를 또 닥닥 딴다
초가집 박넝쿨 위 하얀 버선발 새가 된다

은박 박힌 갑사댕기 치렁치렁한 머리꼬리
신나는 바람에 감겼다 펼쳐졌다
수줍은 속치마까지 휙휙 날았다
서울 보는 고운 하늘 새

아짐들도 머슴아들도 앞산 메아리까지 흥겨운 마늘
축제
모기 쫓는 양밥이라 게다 신은 오라비도 호사 탄다
가시나들은 숲으로 날치처럼 달린다

• 군디줄 : 그네줄

# 돌멩이

세 치 혀끝에
도끼가 들었으니
날 선 도끼가 될까

나는 돌멩이를 물고 다닌 적이 있다
뱉어버리고 나면
이내 두 잎이 싸부랑거리고 싶어 했다

삶은 보이지 않는 전쟁
자꾸만 패잔병만 되다 보니
입안에 저절로 돌멩이가 생기는걸

# 마지막 같은 고운 노래

사이상댁이요
사는 게 앙구도 아이시데이
진 담뱃대만 챙기시고
짚 홰기를 한줌 뽑아
막힌 댓진을 훑어 내시며
씨래기 같은 육신에
한숨까지 덧붙이시던 이웃 할매

사이상댁이요
이 좋을 때 서드레 먹고
힘 좋을 때 서드레 일하고
놀정 있을 때 서드레 노이세이

나는 소싯적이라
귀에 얹히지도 않아
건성으로 끄덕였다

내 나이

당신만큼 접어드니
이제사
적절한 노래 읊으셨구나

# 먼동

하늘 가는 밝은 길이
이웃과 같은가
내 손 잡던 동생 셋 오빠랑 있는가

어떻게 웃어야 웃음인지
무엇이 흘러서 눈물인가
버팀목인 서방님
질눈 어둘까 등 드네요

초지장 하나 가려졌나
꿈만 같은 인생사
저는 빕니다
누구도 슬프지 않기를

지릎 우에 닭이 된 저는
밥상머리 찬술 마르는 어머니
장다지 간잎 마르는 눈물 곁에
젖은 땀방울에 헤픈

초실은 세월이었습니다

거기도
새 울고 꽃이 피는지
빛이 도는 곳에 작은 생명에도
먼동이 트는 곳처럼
그곳도
훤해질까요

• 질눈 : 길눈
• 지릎 : 삼을 삶아 벗긴 속대궁
• 장다지 : 늘, 계속

# 버려진 매트리스


깽하게 달린 하늘
가을 아파트 앞
외로워 떠는 듯도 해 보이는
버려진 매트리스
아직은 유년이구나

뗏목처럼 둥둥 떠오는 생각
알라바마 댄디 마을 표정
찬물사발에 간장만 타서
누렇게 부황 뜬 얼굴 비친 물
마실 때가 언제였던가
참한 솔 껍질 벗겨 울리던
떫은 송구죽

미국
글자 그대로 아름다운 나라
애비처럼 말고 부유한 나라에 잘살아 보거라
애비 뜻에 따라 주립대 들어간 아들

86

학비로 중단하고
궁궐 같은 르네상스 호텔 근무하나
흑인촌 싸구려 집을 빌려
청설모가 밤새도록 푸른 달빛을 넘나들며
건반처럼 두드려대는 천장
매트리스 두 개 휠터 한 개
그것도 쓰레기장에서 구한 것이라고 하는 아들

아! 가난!
이 지구상 어디를 가도 가난이 있구나
버럭 무릎이 휘청거렸다
학부 나온 며느리에게
하도 면목이 없어
어떻게 이렇게 사느냐
화장기 없는 입술
괜스레 어머님 속을 끓게 하네요

# 비 갠 뒤의 아침

걸 고운 임 같아라
세상 것 다 접어두고
어디
너 같이 한번 돼보자.

햇빛 낮게 사부작이니
오이 고아라
오이 고와라

눈도 반짝
잎도 반짝
맘도 반짝
액미 같던 나더러
비에 씻긴 정갈로
예술 한번 돼보라네

비 갠 뒤
하늘에 걸린 무지개 같은

# 빌뱅이 언덕의 향기
### ─권정생 작가

칡 꽃향이 옹차게 부신 날
김실아
여기 와보게
이 신문 한번 봐라
정생이가 극구 유명한 줄 몰랐다
내 옆에 살았지만 극구 유명할 줄은…
조탑이 생기고는 첨이래
국화 행렬은 아매도 열흘이 넘었제예
노다지 꽃밭이래 꽃밭
아흔이 다 되신 어른
혀를 끌끌 차시다가 고개를 쩔쩔 저으시다가
헛 그참… 사람의 일은 진짜 몰 일이래…
날개 모습처럼 꼭꼭 엮인 내 삶은
단 한 번 뵙지 못함에 가슴이 철렁했다
할배요, 너무 착해서 그래요
아가 맘 아니면 그런 분이 될 수 있나요
자넨 꼭 얼라 같은 소리만 하노
음, 음, 음, 음…

향로봉에 큰 바위 얼굴
서먹한 길을 갑니다
거지로…
병들어 지칩니다
교회 종지기로 사십 년
고적한 생은 상처 진 영혼에서
삶의 정수를 뽑아내는 연자매를 돌리며
빨간 각혈을 토합니다
생각을 키우는 새싹이 한거한거 보입니다
착각의 관점은 그분 모습을 눈 여기지 않습니다
그저 꺼적숨만 쉬고 계시는 병자로밖엔

동화작가의 슬픈 삶
이젠 삼천 평의 옥토에서 뿌린 꽃씨들이
하얀 달빛에 하얀 작가 마음, 하얀 메밀꽃이
강아지똥에 더벅시럽습니다

미천강의 기적인 작가 기념관을 세웁니다

동화작가 마을엔 지네 발이 이어집니다
수숫대 얄팍한 집에
강찬바람이 할퀴다 이젠 낙원입니다
몽실이하고 기거하시던
봉당 앞에 초롱초롱한 눈망울이 떼를 지어
함성을 지르고 함향합니다

가루눈 같은 가시밭길의 얼을 속속들이 담아갑니다
빌뱅이 언덕의 은사시나무
반갑다고 손을 반짝반짝 흔듭니다
작가님의 향기는 태평양을 건너서도
날고 날고 훨훨 날고 있습니다


- 극구 : 아주 많이
- 몰 : 모를
- 아매도 : 아마도
- 날개모슴 ; 짚 한 묶음 (짚 이엉)
- 얼라 : 아기
- 한거 : 한가득, 많이

# 정다운 자매

예쁜 쌍둥이
그네를 타며 노래를 부른다

우리는 쌍둥이
오 분 간격으로 태어났데요

우리 엄마는 선생님
우리 아빠는 그냥 일하는 사람
둘 다 일학년 이반이지요

모든 신이 똑같지 않아요
언니는 빨강
나는 노랑
그네도 똑같이
앞으로 나갔다 뒤로 나갔다
참 정답네요
우리는 한 번도 싸워본 적 없데요

바람도 상냥스러이 부벼준다

제4부

# 생쌀 맛

울도 담도 없는 영호댁 마당에
손님이 왔습니다
이름은 원동기
둥그런 쇠바퀴통에 피댓줄만 걸면
탕탕 방아가 되어 뽀얀 쌀이 나옵니다

어찌나 신기하고 요술을 부리는지
탕탕 소리 그치자마자
포르르 날아드는 참새 떼처럼
머릿니 바글거리는 지지바
머리통에 기계충이 얼룩얼룩한 머시마
코를 후비려 달려듭니다

주인이 인기척을 내면
새떼처럼 포르르 날아 도망갑니다
삽살개도 따라다닙니다

새들이 둥지를 찾고
건 연기 앞산 고개 넘어갈 때

아이들이 하루의 놀이를 끝마칠 때
저녁 먹으러 온나!
골목을 키우던 엄마들이 무르는 소리
씹고 또 씹고 입가 뽀얗도록 씹고
목구멍에 볼닥 넘어가면
구수하던 생쌀 맛

엄마 품이 그립습니다

# 할머니 말씀

삼십 센치 수숫대를 반으로 접어
풋나락을 쪼르륵 훑어 멍석에다 말려
디딜방아를 찧어 해주는 밥부터 먹었습니다

그럴 땐
내 강아지 꼭꼭 씹어 많이 먹어라
머리를 쓰다듬어 주십니다

와롱와롱
발로 밟는 탈곡기에 밥을 먹을 때는
무엇이든지 못하면
밥이 "아야" 소릴 한다 그랬습니다

시집갈 때는 배도 짜보고
멍가락도 잦아보고
마구까지 치어보고 가라 했습니다
막힘이 없으란 말씀이지요

그런데
원두쟁이 씬위 보듯 했거든요
수십 년을 넘고 넘는데
늘 밥이 "아야" 하도록 일이 서툴렀지요

콤바인이 지나가면
나락 포대기가 쌓입니다
이때도록 밥이 "아야" 소리만 나는 것 같습니다

그런데 말입니다
"마지막에 웃는자 되라
진짜로 웃는 자 마지막에 웃는 자이다"란
말씀이 있지요


원두쟁이 : 원두막 주인
씬위: 덜 익어 맛이 신 참외

# 쌔김볼

세 밑에
주둥이 터진 명버선
수두룩하다
엄마는 바늘 끝으로
조르륵 선을 긋고
곱게 감친다
어느 조각품 같은 맵시
수줍은 새악시 미소 같은 버선
차곡차곡 동개 놓던 윗목

거기엔
다소곳한 아낙의 면모와
가난을 극복하는 조선 여인의 검약儉約과
부모를 공경하는 효성이 배인 걸
엿보았다

할머니는
모든 게 함축해 있는 버선코를 세우고

사뿐사뿐 대청을 누비며
내리사랑으로
우리를 쓰다듬었다

# 소나기마을 기행

쥐불놀이 슬픈 빛깔로
그때 소원이 움트고 싶은지
옛 언덕이 그리운지
비스듬히 흙에 누운 빈 깡통

일가 윤화네 아배는
뚱거리를 패서 기전떡 괴듯 쌓고
백호 치던 칼로 소나무 공이를
쪽쪽 쪼갠 관솔을 얻었다

오빠는 어디서 주웠는지
그 무섭던 미제 도라꾸가 지나가다 던진 것인지
못으로 깡통에 구멍을 뚫는다
봉당이 폭폭 패이도록

정월대보름
푸른 초원에 날름새 같은 아이들은
그을음이 솔솔 피는 관솔 담긴 깡통을 빙빙 돌리며

머리 밑 소똥이 벗겨지도록 신명이나
가래톳이 서도록 즐거워했다

건넛마을에도 봉홧불처럼 번뜩이고
어둔 산 중턱에 불삐리 톡톡 튀는 불똥
꿈 크는 창창한 웃음
온 들에 핀 달빛에
쏟아지는 재미는 용상인들 그만할까

• 뚱거리 : 장작
• 기전떡 : 대소사에 사돈댁에 보내거나 큰일에 쓰는 떡
• 가래톳 : 넓적다리 부근에 생긴 멍

# 수절하신 이야기

어느 해 여름
어머니는 젖은 삼가리를 툭툭 털며
손가락 새에 걸곤
손톱으로 째겨 째면서
외삼촌과 당신 단짝 신랑의
일제 때 징용으로 밀선 수장된 이야기를
삼 파람 내듯 했다

소복의 그녀는
화야!
넌 서방도 있고 새끼도 있지만
난 씨가 있나 미치겠어
휘영청 밝은 달밤엔
버선발로 동네 어귀에 나가
큰 연자매를 돈단다
어떤 땐
거지 떼가 새끼들하고
별들이 잔치하는 것처럼

가르륵 웃는 것이 하도 부러워
쫓아와선
시아버님한테 몹쓸 소릴 다 했다
거지도 짝이 있디더…
아가! 어떡하나 들문이 높은데…

오래 흘러 수소문이사 듣지만
한 번 더 보고 싶은데…
하회 유씨에도 모시밭 조씨에도
너 이모 숙경 할매도 함 봐라
범절을…
엄마, 요새 달나라 가니더
팔순의 당신 눈은 붉었고
은근히 영잎된 나를 못 미덥다는 듯
한 번 더 디더 놓던 날
그 밤은 달도 침침하였다

• 영잎 : 누렇게 못난 배추 겉잎, 홀로된 뜻도 포함

103

# 양밥

노랑 저고리 자주색 끝동
빨간 꼬리치마에 고름 삼트락하니 메고
한당 입고 족두리 씌우니 성인으로 가는 첫발이었다

대로청에서 맞 배례를 하고
친정이 가깝고도 먼 거리가 되는
가마를 탔다

잔칫집 마당 한복판에 짚불을 피워놓고
혀가 날름거리며 타는 불을 타넘어 가란다
치마꼬리를 사뿐 들고
흰 버선발 고무신이 팔짝 뛰어넘었다

액운을 태운다나
창호지 발린 조용하게 흔들리는 호롱불
흙에 풀을 이겨 방망이로 톡톡 다진 흙장판
대패로 밀은 듯 반들반들했다

문꼬리가 펄럭일 때마다 앉았다 서다 반복했고
꼬맹이가 들어와도 예를 갖춰야 했다
사흘 동안은 둘 사이에 시어머님이 주무셨다
무조건 양밥이다

나는 새벽같이 일어나 주안상을 차려 다소곳이 절을
하고
시부모님께 문안인사를 드렸다
일생동안 도름도름이를 참하게 하라는 이르심이다
웃어른은 공경할 줄 아는 법도를 익히도록 한 것이다
말없이 쓸어주시던 양밥의 사랑

• 양밥 : 비방, 남이 모르는 좋은 방법이나 약
• 삼드락하니 : 얌전하게
• 도름도름이 : 행실

# 넝쿨손

책 서너 권이 무거워
여드레 팔십 리 걸음걸이
숨을 돌리게 하는 반가운 벤치
땀을 훔치며 쉬는데
무심無心을 깨우는 넝쿨손

오!
놀랍구나
저 실날 같은 손이
무엇을 잡으려고
저리 허공에서 한들거리나

지나가는 길손이여
절 한 번 보세요
꼭 널브러질 것 같아도 그렇지 않아요
하늘 향해 꿈을 꾸며
소망을 찾아요
대견하다고 하늘도 만져주고

땅도 저를 보살펴 줘요

바람까지 상냥스럽게

운명처럼 소리 없이 저도 노력해요

그래

너와 내가 오늘같이 순하게 겹치는 날이 또 있을까

# 풀빗

누나!
이것 봐!
똑같은 거 샀어
여기 천 원짜리야
갈색 풀빗을 손에 두 개 들고
아이들이 하루놀이를 시작할 때처럼
매우 기뻐했다

노방 품삯일을 하는 나는
수건을 벗으면
머리 꼴이 불한당이 뜯다 놓아둔 것 같다

땅버들 강아지 발목에 걸린
살얼음 밑으로 졸졸 치고 내려가는
냇물 소리가 더 천진스럽게 들렸다
드문드문 솔가지가 섞인 수수깡 바지울 처진
옛날의 둥우리를 벗어나지 않았다
희고 검은 모습도 없다

밤이 하늘을 만지고
태양이 땅을 만질 때까지
그의 가치관을 나는 허물지 않으리

# 아침이슬을 보며

신이여! 마음속에 담을 수 있는 만큼
작은 우주 안에 거하고 있다고 했지요
사람의 영혼 속에
세계의 혼과 지혜의 침묵이
깃들 수도 있다고 했지요

간밤에 비를 맞은 이파리들이
은빛으로 반짝이는
수정으로 맺혔나이다
곧
햇볕과 바람에 말라버리겠지요
녹록지 않은 삶의 행로가
저 이슬처럼 보이나이다
언제나
미래에 골몰하느라
현재에 소홀하다가
영원히 죽지 않을 듯 살다가
결국

내 날이야 싶은 날도 없이
죽어 간다고 했지요
하루에도 열두 번도 더 천당과 지옥을
넘나드는 마음의 요동을
단순하게 여미고 싶습니다
신의 빛은 기쁨이기에
텅 빈 제 속이 깨끗한 정원으로

# 경쾌한 그녀

누가
인생을 아름다운 시詩라 했던가
그녀는 의사 마누라
나는 뿔농군 마누라
그녀와 나는 신학 동기다

십 년을 넘어야 피는 파초꽃이라는데
그보다 더 고운 목소리
소녀로 되돌아가는지 아직도 명랑하다
살아있다는 건 이리 좋은 것
우리 한번 다시 만나자
내려올 때 전화 주면 내가 나갈게

잘 익은 열매는 속을 보지 않아도 달다
나 교회 하나 세울 거야
그녀는 그랬다
애! 정신 있나 우리 칠십이야
야! 우리 이도 안 났어

그 그 그럴까
나는 병이 삿자리를 깔고
그녀는 주님의 일을 하겠다고 까부르고 있다
맞아
하나님의 일은 나이가 뭔 상관이야
여든이든
아흔이든
아브라함과 백 세 사라에게
이삭을 점지해주셨거늘
천지 삐까리로 빛깔 설레는 날들이 남았노라고
그녀는 경쾌하다

# 흔적


팡팡하니 달덩이 같아
솔향이 군락을 이루는 산마루에서
제일 잘났다
다 돌아가신 어른들 수백 년
그의 그늘에서 희연囍煙을 비벼 말아 물고
짚신을 삼고 봉태기도 만든다


그녀의
엄발나온 굵고 뻗은 뿌리에
시월 시제 날은 회처럼 타고 앉은 손등이 까만 아이들
음복 한 봉개 더 받으려고
베개까지 업고 있었던 맹랑한 구실
화롯가에서부터
세월이 낙동강 같이 흐른 후에도
제사 음식만 보면 친지들이
그때를 들춰 지피며 파안대소를 한다


말귀 치마가 바지로 바뀐 나

아녀자의 분수를 이탈한 죄목

밤새도록 무당한테 도화살을 받은 걸 치마폭에 싸안고

뒤란 두 발짝도 안 되는 그녀한테 갔다

자마구도 안 떨어진 시집살이

그을음처럼 달라붙은 눈물을 별에다 초롱초롱 꿰어 주던 그 날 밤

먼 길을 올 동안 나 해진 곳을 봐

송진이 짝 말라붙은 골이 팬 몸

바늘처럼 뾰족 뾰족한 많은 입은 벙어리야


우린 육십 년 동안 정도 들었건만

거액에 팔려간 그녀

내가 들여다볼 동안 사시사철

그 자리에 묵묵할 줄 알았는데

고향 같은 그윽함이 비켜 드니…

# 노을

누가 사랑을 하다
서쪽 하늘에 걸어둔 건가
다 못한 정
애타는 불꽃인가
그래서 그리움이 목말라
그토록 발갛게 타나

눈물 젖은 너
속 오빈 마지막 적선에
갈대밭 함께 불탄다
피라미 떼만 반짝반짝
노을 춤추는
여울살 물 구르는 소린
백사장

붉고 고운 이마에
어둠살이 앉으려니
물새야

너는 또 왜 달떠 우는가

# 홀로 핀 꽃

풀리지 않는 날들은 없구나
담벼락 밑에 한 송이
먼 길을 왔다며
빵긋 웃는다

호락호락하지 않는 언 땅을 뚫고 나와
쪽도리 꽃술이 달린
꽃등이 되었네

들꽃은
태성이 고요한지라
스스로 태어나서
스스로 피고
스스로 져버려도
투정 한번 없네

언제나 사랑스런 세상이라며…
좋은가

# 갱신更新하는 풍속의 설화說話와 삶의 온축蘊蓄

유종인 시인

1.

번창함과 시르죽음이, 즉 존재와 소멸이 시간의 변화력(變化力)이라면, 그 불가항력적인 풍상(風霜) 속에 존재의 고스란한 기억과 마음의 형질(形質)을 잘 간직하는 힘은 무엇일까. 변화의 흐름을 살면서도 그 변화 속에 간직되고 옹립될 수밖에 없는 온전한 옛일은 그저 고답적(高踏的)인 것에 한정하지 않고 지금을 사는 일에 든든한 정신적 의지처(依支處)로서의 기억으로 되살아난다. 그래서 기억은 단순히 시간의 변화력에 수동적으로 대응한 시간과 존재의 잔존물(殘存物)만이 아니라, 일과성(一過性)의 시간의 풍경과 풍속과 그 안에 갈마든 삶을 재장구치게 하는 모종의 친화력(affinity)를 지니고 있다. 시간의 파괴력에 몬존해지지 않고 자신

119

을 일궈온 풍속의 내력을 쓰다듬으며 더 늠름한 현재적
일상의 보루(堡壘)로 자리매김하는 일, 어쩌면 시는 그
런 회고적인 첨단의 능력과 재생(再生)의 기억과 경험
을 변주(變奏, variation)하는 영역인지도 모른다.

　권영숙의 시적 기원은, 자신을 키워준 향토적 공간
과 거기서 벌어진 농경사회적 삶의 풍속(風俗)들을 인
상적으로 반추하는 데 우선한다. 그 인상적인 풍경들은
구순한 사람 냄새가 갈마들어 있다.

> 볕이 화로처럼 달아내리니
> 길쌈 정든 골이 젖어듭니다
> 맷방석만 한 삼밭도 없는 나는
> 이삭을 주워 내 키만 한 삼단을 이고
> 걷던 둑길이 보입니다
>
> 개구리참외 맛이 잡힐 때면
> 어른들은 이슬을 툭툭 차며
> 　대패로 민 듯한 삼밭 그리러 갑니다
> 낫으로 조르륵 조르륵 그려대는 소리에
> 콩메뚜기도 여치도 아마를 장 마중 가듯 뛰었습
> 니다
> 　한 무리는 나무칼로 잎을 훑고 추리고
> 　한 무리는 와롱 기계로 잎을 텁니다

미루나무 사이 뿌린 듯 할무대꽃 지천
익은 수술이 반짝이는 조모시처럼 달린
살랑이던 냇가
머리방만 한 삼솥에 빼곡이 앉힌 삼단 우에
툭 따갠 가마니를 뚜껑처럼 덮고
뚱거리 불을 지피면
이웃 동네 아낙까지 소일거리가 뜸이 듭니다
모둠 감자도 노릿 꿉히던…

바닥이 낮이 비치는 마알간 물에
입술이 오디처럼 먹고 노는 때서리 아아들
삼단도 동시루 같은 김을 내며 함께 즐깁니다

볕이 화로처럼 달아내려도
울 할매 빈 꾸리 다 풀어도 닿지 않는 곳
내 인생 다 가도록
그처럼 행복에 겨운 뜰은 없습니다
　　　　　　　　　　　　　　　　　－「삼무지 어리는 뜰」 전문

　　아마 그런 시인의 정감이 배어있는 '뜰'은 여전히 화
자의 뇌리 속에 현재진행형의 기억으로 온전하게 자리
잡고 있다. "맷방석만한 삼밭도 없는" 곳이지만 여전히
마음이 눈길이 가닿는 하나의 정처(定處)엔 "어른들은

이슬을 툭툭 차며/대패로 민 듯한 삼밭"으로 여전히 가고 있다. 시간의 격절(隔絶)을 단숨에 뛰어넘어 여전히 "입술이 오디처럼 먹고 노는 때서리 아이들"로 화자는 그 앳된 시절을 지금의 노경(老境)에 여투고 있다. 그런 농경사회적 정겨움이 있는 곳에서는 "삼단도 동시루 같은 김을 내며 함께 즐"기는 자연과 사람이 너나들이하는 공락(共樂)의 여지가 늡늡했다.

기억의 힘이 과거에 기반을 두고 있음에도 현재적 삶의 기운으로 아직도 낙락할 수 있는 것은 "볕이 화로처럼 달아내려도" 그 시절의 무구(無垢)한 심정들이 새뜻하게 여전히 "행복에 겨운 뜰"을 형성하고 있기 때문이다. 토속어(土俗語)는 일종의 현장 언어이다. 당대 시절의 체험적 언어야말로 화자가 지닌 심정적 분위기와 그 시절의 수도작(水稻作)문화의 저간(這間)을 실감 있게 복기(復碁)하는 유효한 방편이다. "뚱거리 불을 지피"듯 마음에 피어나는 화자의 호시절은 노동과 유희(遊戲)가 하나로 갈마드는 복합의 시공간으로 여전히 생생한 농경문화적 정취(情趣)를 일구고 얼러내고 있다.

빈 텃밭 까치 한 마리/날비에 우굴시어 우장雨裝 쓴 듯 웅크리고 있다
기차 소리 어디까지 오나/철로에 귀를 대고 점치고 놀던

꽈리꽃 하야니 입안에 풋맛 일던 곳/자죽자죽 밟히는구나 //

감 나뭇잎 살 붙은 그늘 내린 봉당에/보릿짚 수북이 매살라 놓고

부엉이 날개처럼 꼭꼭 엮은 우장,/비가 쏟아지기 바쁘게 물고 막으러 우장을

어깨에 걸치고 갈모를 쓰고 들 돌보는 당신/얼찐거리기만 해도

곡식은 쑥쑥 당기며 늘리듯 자란다며/부리나케 가신다//

우리 비 마중은 언제나 아재 차지,/보릿짚 옷을 입고 삿갓은 방패처럼 들고

허연 박꽃처럼 웃으시던 모습,/여름밤/우장은 아재 이불이었다.

밤하늘 별을 헤며 주무시고/날이 희붐하면 들고 들어오시던 아재

비 갠 뒤엔/아재 맘 같은 고운 무지개가 자주 떴다

돌아앉은 젖은 운명/까악까악 날개깃에 젖는다

―「순칠이 아재 우장」

농경사회의 기억 속에 비옷, 즉 우장(雨裝)으로 화자의 머릿속에 각인된 인물이 있다. 이 인물은 "순칠이 아재"인데 그의 농경법(農耕法)은 그야말로 자연의 순

리(順理)에 의탁한 채 농사를 조리차할 줄 아는 순치(馴致)된 존재다. 일종의 달인(達人)일 텐데 화자에게는 이런 아재의 삶의 방식이 자신의 미래의 존재방식에 그윽한 순명(順命)의 그늘을 드리웠다고 여기는지도 모른다. 그런 "순칠이 아재"가 살던 곳은 화자의 고향이기도 할 것이다. "꽈리꽃 하야니 입안에 풋맛 일던 곳"으로서 소박한 전원(田園)의 정취가 소담하게 어울리는 곳일 것이다. 그런 곳에서 살았던 아재는, 비오는 날이면 "부엉이 날개처럼 꼭꼭 엮은 우장" 두르고 나와, "물꼬 막으러 우장을/어깨에 걸치고 갈모를 쓰고 들 돌보는 당신"이었다. 이 지극한 농투성이의 행각은 무릇 범박하고 특별날 것이 없다 여겨도 거기엔 소박한 농자(農者)의 철리(哲理)가 배어있다. 그것은 다름 아닌 "얼찐거리기만 해도 곡식은 쑥쑥 당기며 늘리듯 자란다"는 일종의 관심농법(關心農法)의 개진이 아닌가 싶다. 그런 자연주의 시인 같은 농사꾼이기에 우장을 이불처럼 여기기도 하고 "밤하늘 별을 헤며 주무시"기도 하는 소탈하고 호방한 기백을 지녀 보인다.

여기서 중요하게 여겨지는 건 그런 아재를 보는 화자의 인상적 편견이다. 이 편견은 오히려 보편의 심성으로 확장될 여지를 가지는데, 그것은 다름 아닌 아재의 "젖은 운명"에 대한 애정이다. 이를 뒷받침이라도 하듯 "비 갠 뒤엔" 꼭이 "아재 맘 같은 고운 무지개가 자주 떴다"라는 아재의 인생관에 대한 자연적 찬미(讚美)는 극진하다. 그런데 이런 권영숙의 소박한 인간에 대한 회고와 애정이 자연적 풍경의 형태로 도드라지고 있다는 점이다. 자본의 가치가 아닌 자연의 가치로 선별된 무지개라는 풍경을 섭외하는 점이 예사롭지 않다. 무지개가 떴어도 무지개가 그 마음에서 사라진 시대의 무지개는 일종의 사어(死語)에 가까웠으나 권영숙의 시편 속에서 다시 그 둥근 일곱 빛깔 홍예(虹預)의 기척을 다시 기적처럼 볼 수 있다.

노랑 저고리 자주색 끝동/빨간 꼬리치마에 고름 삼트락하니 메고/한당 입고 족두리 씌우니 성인으로 가는 첫발이었다//

대로청에서 맞 배례를 하고/친정이 가깝고도 먼 거리가 되는/가마를 탔다//

잔칫집 마당 한복판에 짚불을 피워놓고/혀가 날름거리며 타는 불을 타넘어 가란다//

치마꼬리를 사뿐 들고/흰 버선발 고무신이 팔짝 뛰어넘었다//

액운을 태운다나/창호지 발린 조용하게 흔들리는 호롱불/흙에 풀을 이겨 방망이로 톡톡 다진 흙장판/대패로 밀은 듯 반들반들했다//

문꼬리가 펄럭일 때마다 앉았다 서다 반복했고/

꼬맹이가 들어와도 예를 갖춰야 했다/사흘 동안은
둘 사이에 시어머님이 주무셨다/무조건 양밥이다//
　나는 새벽같이 일어나 주안상을 차려 다소곳이 절
을 하고/시부모님께 문안인사를 드렸다/일생동안
도름도름이를 참하게 하라는 이르심이다/웃어른은
공경할 줄 아는 법도를 익히도록 한 것이다/말없이
쓸어주시던 양밥의 사랑

―「양밥」전문

　이런 "순칠이 아재"를 재밌고 호감이 맴도는 어른으
로만 감상하던 화자가 어느 새 자라 "성인으로 가는 첫
발"을 떼었다. 즉 출가(出嫁)를 하는 거였다. 머리를 올
리고 아마 뺨에는 연지곤지를 찍고 조신한 몸가짐과 유
교적(儒敎的) 덕목이 잔존하는 분위기에서 신혼을 열
었던 모양이다. 그러니 '양밥'이라는 단어처럼 "사흘 동
안은" 남편과 자신 사이에 "시어머니가 주무"시는 웃지
못 할 당대의 신혼 불문율이 가동이 됐던 모양이다. 결
혼의 집안 분위기를 얼러내는 화자의 이런 시선 속에서
는 "잔칫집 마당 한복판에 짚불을 피워놓고/혀가 날름
거리며 타는 불을 타넘어 가"라는 주문 역시 농경사회
의 대동정신(大同精神)이 그 밑바닥에 깔려있다고 보
는 것이 자자하다. 즉 현대의 단자적(單子的) 생활패턴
이나 행태들이 이 '양밥'이라는 기억의 저편 대동사회

(大同社會)의 기율 속에서는 양자적(兩者的) 혹은 관계적 다자(多者)의 윤리가 전수되고 있는 것이다. 그래서 양밥은 요즘의 시선으로 보면 개인의 자유를 침해하는 듯 보이지만 그 속내를 들여다보면 나름의 배려와 웅숭깊은 사랑의 "문안(問安)"이 도사리고 있는 것이다.

　이런 차원에서 시인의 기억 저편에 아직도 신혼으로 자리잡고 있는 풍경은 단순한 풍속의 구태(舊態)가 아니라 한 사람의 존재를 여러 모로 양립(兩立)시키는 그야말로 '양밥'의 도덕률의 실제였던 셈이다.


　　　울도 담도 없는 영호댁 마당에
　　　손님이 왔습니다
　　　이름은 원동기
　　　둥그런 쇠발통에 피댓줄만 걸면
　　　탕탕 방아가 되어 뽀얀 쌀이 나옵니다


　　　어찌나 신기하고 요술을 부리는지
　　　탕탕 소리 그치자마자
　　　포르르 날아드는 참새 떼처럼
　　　머릿니 바글거리는 지지바
　　　머리통에 기계충이 얼룩얼룩한 머시마
　　　코를 후비려 달려듭니다
　　　주인이 인기척을 내면

새때처럼 포르르 날아 도망갑니다
삽살개도 따라다닙니다

새들이 둥지를 찾고
건 연기 앞산 고개 넘어갈 때
아이들이 하루의 놀이를 끝마칠 때
저녁 먹으러 온나!
골목을 키우던 엄마들이 무르는 소리
씹고 또 씹고 입가 뽀얗도록 씹고
목구멍에 볼닥 넘어가면
구수하던 생쌀 맛

엄마 품이 그립습니다

— 「생쌀 맛」 전문

　유교적 도덕률이 잔풀처럼 아니 아직도 생활윤리로
저력을 발휘하고 있던 화자의 향토적 시공간에 문명의
기운이 들어왔을 때, 그 분위기가 꼭 두동진 것만은 아
니다. 그것은 "둥그런 쇠발통에 피댓줄만 걸면/탕탕 방
아가 되어 뽀얀 쌀이 되어 나"오는 "원동기"라는 기계
(機械)다. 그것은 전원의 품 속에서 뛰어놀던 "머리통
에 기계충이 얼룩얼룩한 머시마"와 "머릿니 바글거리
던 지지바"들에게도 지금은 구제(舊製)가 돼버린 "원

128

동기"도 "신기"와 "요술(妖術)"의 이미지로 각인된다는 것이다. 무엇보다 그런 기계가 단순한 신기한 요물을 넘어서, 그 향토 공간에서 생산된 쌀을 하얀 쌀가루로 분쇄했을 때의 새뜻함에 있을 것이다. 즉 원동기라는 기물(奇物)이 오히려 쌀가루를 손대지는 못했기에 "생쌀"을 씹는 어릴 적 화자에게 그 "구수하던 생쌀 맛"을 되새겨주는 일종의 소원한 매개(媒介)가 되고 있는 점이다. 익히거나 찌거나 한 쌀이 아니라 그야말로 물에 잠깐 불렸거나 그마저도 아닌 갓 도정(搗精)한 쌀 정도의 날알들을 씹는다는 저작(咀嚼)행위는 단순히 군입정에만 머무는 것이 아니다. 오히려 그 시절을 넘어 오늘날에까지 "엄마 품"을 그립게 되새기는 마음의 입맛으로 돌올(突兀)해지기에 이른다.

이렇듯 권영숙의 시적 기억의 풍모와 풍물(風物)들은 단순히 과거의 아련한 추억의 보상물(報償物)에 한정하는 것만은 아니라, 오늘의 삶의 본향(本鄕)을 옹립하고 현재적 일상의 정신적 의지가지가 되게 하는 정서적 활물(活物)로 아직도 작동하는 시적(詩的) 풍물 (scenery)인 셈이다.


2.
생물학적 나이의 지순함은 그 살아온 경험과 이력(履歷)을 통해 존재는 자신이 지나온 시공간의 유효한 기억들로부터 자신을 숙성(성숙)시키는 정신적인 효모(酵母)를 얻게 된다. 권영숙도 예외가 아니어서 자신이 자랐던 향토적 공간의 정서와 서사적 경험의 내력을 갈마들면서 자아(自我)와 초자아(超自我) 사이에 드리운 인생의 빛과 그늘을 하나로 버무릴 줄 아는 늡늡한 심안(心眼)을 지니게 되었다.

본향 밑천인가
왜 이리 졸리노
몽롱하다

밥은 아직도 쇠숟갈로
마당에서 타작한 겉보리를
양동이로 돼서 뒤주에 퍼넣듯 하는데
참 묘한 일이로다

초봄엔
이슬을 차고 씨앗을 심고
한여름
적삼 적실 땐 허물도 많고
깨꽃같은 웃음도 잦았다네

삼신에

첫국밥 지어 바쳐놓고
먹고 자고 먹고 자고

장마에 물외 굵듯
무찔레같이 크거라
우리 할매
두손 싹싹 빌 때처럼
잠만 퍼붓네

가슴 그윽한 수풀 속에 꿈은
잔솔밭에 꿩새끼처럼 달아나고
다시 아기 되네
잠만 오네

　　　　　　　　　－「예지랑날」전문


　　화자가 감각적으로 겪는 "몽롱(朦朧)'"함과 퍼붓는
"잠"은 등가적(等價的)인 관계인 것과 동시에 대비적
(對比的)인 관점이 더불어 지닌다. 잠이라는 것의 속성
으로서의 몽롱함은 감각적인 보편성일 테지만, 삶 자체
혹은 죽음을 포함한 생사(生死) 전반을 몽롱(朦朧)의
상태로 보면 몽롱함이 전적으로 잠의 속성(屬性)으로
만 귀속시키기에는 한계가 있을 수 있다. 어찌 이리 "잠
만 퍼붓네"라고 반복하게 됐을까. 그것은 아마 잠이라

고 하는 것이 보통 깨어있음의 분별적인 상태와 대별
(大別)되는 반대편에 있는 무의식적 통섭(通涉)의 상태
를 지향하고 있기 때문이 아닐까.

　단순히 비오니까 졸음이 여느 때보다 깊고 너르게 잠
을 부를 수도 있다. 그러나 시인은 그런 일반적인 감각
적인 수면상태를 품고 넘어 어느 결에 "삼신(三神)"할
매에게 점지를 받은 삶의 꼬부랑길이 저만치 빗속에 내
다보이는 지경을 받는다. 또 그런 "삼신에/첫국밥"으로
치성을 드리고 불현듯 "먹고 자고 먹고 자고/장마에 물
외 굵듯" 잠이 퍼붓는 거의 무아지경(無我之境)의 담담
한 인생의 맛을 엿보고 있는지도 모른다. 갖은 욕망과
곡절(曲節)과 내력을 겪어온 삶이 남가일몽(南柯一夢)
처럼 여기질 때, 그런 꿈인 인생이 "잔솔밭에 꿩새끼처
럼 달아나고" 이제는 "다시 아기 되"듯이 "잠만 오네"라
는 말 속에 삶의 덧없음과 유전(流轉)하는 존재의 행로
에 대한 조망(眺望)이 자연스레 갈마들어 있다.


　　　맹목적인 혈기에 들떠
　　　결점도 장점도 착각이 일쑤일 땐
　　　일신을 자유로이 쪼개며 쇠털같이 많을 줄
　　　언젠가 불타는 정열이 찬란한 태양 넘어
　　　방황하는 젊은 심령은
　　　사막에서 오아시스를 만날 거란 믿음은

잡히지 않은 신기루이구나


오동나무 열매처럼 딸깍거리며
찌지리한 눈으로
잘 들어라 참 허뿌데이!
뉘 집 마루청이 눌도록 뺏으신
어른들의 애들은 가사
연연이 낙엽 구름을 본 건
또한 곁돌았구나

─「신기루」 부분

　헛된 것을 참인 것처럼 살았다는 뒤늦은 자각(自覺)은 하나의 깨달음이기에 앞서 허망하다. 화자는 그걸 구어체(口語體)로 "허뿌데이!"라고 일갈한다. 영원한 것도 영원하지 않은 것도 없는 삶은 "잡히지 않는 신기루"의 속성을 지니면서 동시에 여전히 우리의 둘레에서 "오동나무 열매처럼 딸깍거리며" 갖은 상념과 감각의 변화를 들려준다. 이러니 "연연이 낙엽 구름을 본 건/또한 곁돌았"다고 스스로 똥기는 자는 단순히 허무주의자(虛無主義者)가 아니라 허무를 되살려 인생을 돌올하게 재장구치는 사람이다. 그게 권영숙의 시적 발견이자 희망의 역량(力量)이다. 흔히들 신기루(蜃氣樓)는 헛된 것일 뿐 아니라 거짓된 것이라는 일반적인 편

견에 사로잡히기 쉬운데, 화자는 오히려 그런 신기루를 통해 삶의 양가적 모습을 보여주는 이 시편은 "방황하는 젊은 심령(心靈)"을 되찾는 묘미도 언뜻 선사한다.

어린이집에서 오는 길/신작로에 비닐봉지 하나/자가동력이 없어/지나가는 바람에 날고/차 바람에 쥐어박히고/속이 비었으니 잘도 구른다//

손자는 깔깔거리며/기를 쓰고 같이 뛰고/잡아 달라고 몸을 부린다//

그냥 두자/바람이 잠다면 또래도 만날는지/한순간도 멈추지 않는 몸뚱어리/구르고 박힘은/쓸만한 승부차기라며/오붓한 나눔을 할는지

 —「불운, 그 뒤에」 전문

신기루를 통해서 허무함만을 보는 것이 아니라 삶 전체에 대한 통각(痛覺)에 이르는 것처럼 권영숙의 이런 통찰은 사소하고 하찮은 일상의 미물(微物)을 통해서도 확장하듯 개진된다. "자가동력이 없"는 "신작로에 비닐봉지 하나"를 잡아달라는 어린 손자의 조름 앞에 문득 그 껍데기의 미물이 지니는 만남과 헤어짐과 고통의 삶의 알레고리(allegory)로 읽어도 무방하다. 무엇보다 그런 손자의 바람 앞에 화자는 "그냥 두자/바람이 잔다면 또래도 만날는지" 라는 의인화(擬人化)된 상상

을 통해 사물과 사람이 하나의 지경(地境)속에 능노는
바탕을 풀어놓는다. 더군다나 그런 환경에 억압을 받고
소외당하는 처지를 역설적이게도 "쓸만한 승부차"라는
관점에서 보는 놀라운 혜안(慧眼)을 펼치기에 이른다.

　　탐스러운 욕망이

　　태어난 존재의 의미를 움켜잡고
　　부러움에 찬 눈으로
　　항시 번뜩이며
　　파닥이던 삶

　　금세
　　해는 뉘엿뉘엿
　　땅거미는 은빛 정원에 들어와
　　즐기고 노나니

　　여분 남은 바라기 꿈마저
　　희미해지는구나
　　모든 것은 신의 뜻

　　곧 열락의 뜨락으로 우릴 인도하리니
　　　　　　　　　－「황혼의 뜨락에 서니」 부분

여분(餘分)의 삶이란 쉽게 쥐어지지 않는다. 이미 살아왔던 삶은 되살려 쓸 수가 없으나 그 기억과 존재의 역량만은 다시금 남은 시간을 좀 더 "열락(悅樂)의 뜨락으로 우릴 인도하리"라 여겨질 수도 있다. 그러나 이미 "황혼의 뜨락"에 들어선 만큼 낭비의 열정이 있을 수가 없다. "항시 번득이며/파닥이던 삶"이 느릿하고 파리한 삶으로 쉽게 기울 공산이 자자하기 때문이다. 그러나 그럴수록 존재는 더 넓고 웅숭깊은 마음의 진경(珍景)과 정신의 보배를 진작하기를 바란다.

　　　　신이여! 마음속에 담을 수 있는 만큼
　　　　작은 우주 안에 거하고 있다고 했지요
　　　　사람의 영혼 속에
　　　　세계의 혼과 지혜의 침묵이
　　　　깃들 수도 있다고 했지요

　　　　간밤에 비를 맞은 이파리들이
　　　　은빛으로 반짝이는
　　　　수정으로 맺혔나이다
　　　　곧
　　　　햇볕과 바람에 말라버리겠지요
　　　　녹록지 않은 삶의 행로가
　　　　저 이슬처럼 보이나이다

언제나

미래에 골몰하느라

현재에 소홀하다가

영원히 죽지 않을 듯 살다가

결국

내 날이야 싶은 날도 없이

죽어 간다고 했지요

하루에도 열두 번도 더 천당과 지옥을

넘나드는 마음의 요동을

단순하게 여미고 싶습니다

신의 빛은 기쁨이기에

텅 빈 제 속이 깨끗한 정원으로

—「아침이슬을 보며」

　여기 '아침이슬'이라는 보배를 진설(陳設)해 놓고 그
덧없는 보배를 당신은 어찌 하려느냐고 묻는 이가 있다.
"녹록지 않은 삶의 행로"가 저 이슬 속에 갈마들었음에
도 굳이 그것을 보배로 삼는 바는 그 덧없음으로 인생
을 똥기듯 깨우쳐갈 때 그 바라는 이의 마음 안에 보배
로 단련돼 나온 진언(眞言)이 맺히기 때문이다. 그러니
이슬을 탐하듯 통찰하는 자는 그 인생을 아끼는 자일 수
도 있겠다. "하루에도 열두 번도 더 천당과 지옥을/넘나
드는 마음의 요동"이 있는 자는 저 이슬이 스러지는 풀

밭에서 손과 팔과 다리가 함북 젖도록 그리고 그 젖은
몸을 햇빛에 가만히 말리면서 "세계의 혼(魂)과 지혜의
침묵"이 깃드는 고요 속에 있어봄이 종요롭다.

　여기에 화자는 아침 이슬의 대리인을 자처하듯 말한
다. "미래에 골몰하느라/현재에 소홀"하지 말라고 말이
다. "내 날이야 싫은 날도 없이" 죽어갈 요량을 만들지
말라고 말이다. 지당한 이슬의 말이니 그건 시인의 구
설(口舌)로 얼러낸 이슬이 똥긴 보배의 말이지 싶다.


　　약장사를 기다린다. 약장사는 발목에 끈을 매어
　발을 톡톡 당기며
　　등에 업힌 북을 두드리며 춤을 춘다.
　　신명 나게 흥을 돋워놓고 회충약, 동동구리무, 이
　약, 지네…
　　필통 달그락거리는 우리들은 갈 길이 멀다는 것
　도 잊었다.
　　자갈 먼지 풀썩이는 신작로 왕복 삼십여 리
　　충수 아재는 끈 떨어진 게다를 손에 꼭 쥐고 돌에
　발이 쐬여 절뚝거림도,
　　기차표 까만 고무신을 신은 우리들은 몰랐다.
　　지금은 세월 사이로  칸칸이 잘 지어놓은 점포들,
　　언제부터 헛 입만 벌린 채 파리만 날리는 장판인지,
　　촘촘이 있는 다방, 식당, 농협마트, 장날이지만

묘목 몇 그루, 꽃나무, 이 장場 저 장 걸치는 골뱅
이 차안 장사
정 붙일 때가 없는 것같이 허전하다.
오래도록 애타게 그리운 봄날은 간다.
─「봄날은 간다」 부분

인생의 봄날이 저처럼 장날의 한산한 장사치의 "파리
만 날리는 장판"처럼 허무하게 스러져 지나갈 때도 있
다. 그렇게 우리는 얼마나 숱한 봄날을 보내고 또 맞았
던가. 그러니 "지금은 세월 사이로 칸칸이 잘 지어 놓은
점포" 같은 존재의 시간을 덧없이 소진하지 말고 "정 붙
일 때"가 있는 실존의 시간으로 옹립하고 싶은 화자의
열망이 "애타게 그리운 봄날"을 되새기고 있다. 다양한
품목(品目)들이 들고 나는 시장통처럼 거기 내왕하는
장삼이사(張三李四)처럼 흔전만전 사라지는 청춘의 봄
날이 스러지는 걸 목도하는 것, 그 속에서 "오래" 갈 듯
한 삶이 덧없이 사라질 때를 영원의 여줄가리로 바라볼
줄 아는 것도 시인의 몫이다.

저 해는 부시며 지네
바다는 춤추며 노네

인생이란 장애물경기

부서져라
깨어져라
내가 숨 쉬는 동안
거친 비바람에
우장이 없어도
휘몰아치는 눈보라에
헛간 없어도

타다 남은 송진이 된다 해도
고난은 방향을 찾는 나의 길잡이

—「나침반」 전문

    장애가 많은 인생은 그야말로 "장애물경기"라는 화자의 명징한 언술은 그래서 더욱 살아볼 만한 여정(旅程)이다. 비록 "우장이 없어도/휘몰아치는 눈보라에" 자신의 "숨 쉬는 동안"을 생의 "나침반"이 중요로운 시간이기도 하다. 그러니 "타다 남은 송진이 된다 해도" 삶의 "고난"을 "나의 길잡이"로 삼는 일은 듬쑥한 인생의 새로운 버전(version)을 얼러낸다. 자신에게 닥친 여사여사한 숱한 고생의 항목(項目)들을 내치지 않고 그걸 하나의 방향타(方向舵)로 삼는 생에겐 드라마가 있고 존재의 새뜻한 콘텐츠(contents)가 도사릴 마련이다.

이천십육년 유월 이십팔일 밤이지요
할매! 뭘 해?
밤하늘이 좀먹었는가 보는 거야
어떤 시인이 그랬어
별이 빤짝빤짝거린다는 표현을
넓은 담요가 좀먹었다고 그랬거든

아니야!
밤하늘은 콜라야!
콜라를 따 먹으려면
세상에서 가장 긴 사다리가 있어야 해
무지개 구름다리를 놓으면 될 거야

계속 우리는 공기만 먹고 살잖아
밝은 달은 황금 우유 덩어리야
달은 행성 종류니까

할매!
빨리 가자
기록해놓아야 해
밤하늘이 끝나지 않는 이야기로…
할매!
상상은 이야기로 이어지고

참 재미있다 그지

─「끝나지 않는 이야기」 전문

2016년 어느 날의 손자와 할머니의 대화 속에는, 밤의 창대무변(昌大無邊)한 밤하늘에 대한 정말 시비지심(是非之心)이 끼어들 여지가 없는 대화로 낙락하고 그 구설이 자못 쏠쏠하다. 밤하늘의 별의 반짝임을 밤의 '넓은 담요가 좀먹었다'고 말하든가, 그런 밤하늘을 "콜라야!/콜라를 따먹으려면 세상에서 가장 긴 사다리가 있어야" 한다는 얘기 속에는 우주에 대한 막연한 두려움과 외면 대신에 친근한 관심의 번짐이 도도록하다.

할머니와 손자 사이의 이 천진무구(天眞無垢)한 언변 속에는 삶과 죽음이 결락(缺落)과 격절(隔絕)의 소용돌이만이 아니라 아득하지만 그 영령(英靈)이 스러지지 않고 연결되는 통로를 두드리는 맑은 소리가 배어 있다. 그야말로 총명(聰明)한 손자와 영명(靈明)한 할매가 손을 마주 잡고 그 눈빛이 오고 가듯 삶이 지녀온 온축(蘊蓄)의 바통이 너나들이 이어지고 있다. 그러니 우리의 모든 덧없이 스러져만 가는 듯 보이는 삶의 우연과 인연, 숱한 욕망의 과정들마저 네버엔딩 스토리(never-ending story)로 옛일이 처음처럼 혹은 미래처럼 이어져갈지도 모른다. 저 아득해진 옛 풍경 속에서 살아냈던 일들이 어느 날 미래로 앞서가서 새로운 설화

(說話)의 진술로 갈아입고 우리들의 시공간에 다시 찾아올지도 모른다.

　이렇듯 "상상은 이야기로 이어지고" 우리 인생은 스러지면서 다시 유전(流轉)하는 존재의 구름과 물과 바람으로 새로운 개편하는 나날을 조금씩 열어 가는지도 모른다. 그러니 허무의 독존(獨存)으로만 스러지려는 인생은, 이 구순한 풍속의 이야기와 삶의 진솔한 깨우침이 안받침이 된 시편들 속에서 "참 재밌다 그지" 하고 혼잣말을 오래 되새기게 한다.

소울앤북 시선
## 참 재밌다 그지

펴낸날 | 2018년 5월 1일

지은이 | 권영숙
펴낸이 | 윤용철
편집인 | 이용헌
펴낸곳 | 소울앤북
주　소 | 경기도 파주시 회동길 325-22, 3층
편집실 | 서울특별시 중구 삼일대로 6길 15
전　화 | 02-2265-2950
등　록 | 2014년 3월 7일 제4006-2014-000088

ⓒ 권영숙, 2018

ISBN  979-11-952918-7-8

* 이 책의 판권은 지은이와 소울앤북에 있으며 무단 전재를 금합니다.
* 잘못된 책은 교환해드립니다.